句集

年魚市潟《あゆちがた》

伊藤敬子

角川書店

句集　年魚市潟＊目次

装丁　吉原敏文

句集　年魚市潟

初鶯

平成二十七年

山脈の金のふちどり初日待つ

デッキの椅子横に並べて初日待つ

生国の山河いとしく初御空

伊勢講の御師に出会へる七日かな

偶成の一語に似たる初鶯

初芝居第一声は美少年

もう鳴くと鶯餅の届けらる

鳥帰る空はてしなき伊良湖岬

直実の背になじむ母衣熊谷草

腕組みて余生に入りぬ春の雁

炊煙のまつすぐ上る余呉の春

山々をゆらしつづけて鳥帰る

天も地も空気もしづか朧月

桜鯛尾の先にまで桜いろ

誓子旧居跡の浜辺にて桜貝を拾ふ

桜貝銀ねずいろに白子浜

なんとなく手足さみしき四月尽

師系誇る天金の書や聖五月

それぞれにいのちひろげて白牡丹

白薔薇の白さ支ふるあしたの日

八十も常の歳なり薔薇を切る

佐々木伃利子様

薔薇の昼バッハ弾く友誇らしく

あめつちにみどりあふれて富士聳つ

天龍寺にて藤原定家の法要

六月や魂にまみえてかたじけな

光陰のかなしからずや半夏生

阿仏尼の日記のことなど京鹿子

かきつばた折句のことを語らひぬ

「笹」三十五周年

青嵐まぶしく過ぐる今日の刻

背を並べ舞妓の二人日傘さす

三四郎池

緑蔭の池畔に遠き日を語る

薫風や樹下に学生論交す

翠蔭にみかへり仏おはします
笹の葉を敷けば山女の斑の映ゆる

方丈に山の音曳く沢螢

沢螢火の糸をひき山へ帰る

夏帯やひとすぢの血のうけつがれ

鳴焼や定家ゆかりの人の輪に

青蛙ころを平らに石の上

大竈据ゑられ寺の土間涼し

風炉点前正客の座をすすめられ
何事もなくて傘寿に入りて夏

八十の夏痩知らず夏果つる

傍らに千年の樹々滝落つる

冷房を効かせ一睡して選句

乗鞍岳

足許に咲く黒百合の花に霧

雪渓を這ひ来る霧にむせびたる

かりそめに月日はあらず月見草

北辺に屹立の嶽お花畑
お花畑どこかに鳴りて水の音

深山蟬揃ひて鳴くは時惜しむ

近江訪ふこたびも稲の花ざかり

竹籠の秋海棠に霧を吹く

桔梗や日当りもらふ木曾峠

秋に入る夜風とおぼえ衿替ふる

旧七夕の日の冷泉邸

几帳置き梶の葉掛けて夕べ待つ

彦星に尺鯛の二尾捧げらる
織姫の衣擦れの音耳に残る

梶の葉のちからの不思議乞巧奠

乞巧奠天の川原にわれも立つ

五色糸織姫星に捧げらる
いにしへの天の川原を眼前に

平安の銀河しつらふ冷泉邸

遠き世のままに燈明銀河濃し

み仏のみ掌のやさしき定家の忌

秋水や陶の匠の細面

まばたきを止めて見つづけ秋夕焼

柿の実はたましひのいろ去来の忌

集まれば柱をなして鷹渡る

切株に群がりゐたり月夜茸

白河の関千年の紅葉どき

止め椀は会津塗なり紅葉宿

廃仏の日の痕残る紅葉寺

光るため風を呼びたる烏瓜

すべからく色鳥のこゑ東照宮

山栗の光の粒を拾ひけり

松茸飯夫に息子にせかさるる

なつかしき蕪の絵皿秋燕忌

那須岳を下りて荒北風とも別れ

みちのくの落葉しぐれの雲巌寺

冬蜂の羽音の残る碧巌録

壁炉燃ゆ思ひ出はみななつかしき

年魚市潟

平成二十八年

熱きもの身ほとりにある去年今年

初昔わが人生の要とぞ

ねもころに茜足しゆく初御空

元日や一族揃ひそれでよし

雑煮椀九ッ並べ幸の湯気

未来といふ月日の重し初暦

初景色知りつくしたる街なれど

初凪や伊良湖岬のはてまでも

百幹にして明るさの初松籟

神島は蓬莱島よ御慶述ぶ

こころよき潮鳴りの音初渚
炒つて煮る田作いまも好まるる

太箸や二十歳となりぬ末孫も

瑛子・彩子へ

衣擦れの淑気似合ふをたたへやる

真つ直ぐに生きよの家訓初写真

初写真並び順序も変りなし

初漁の舟一つ浮く竹生島

立春の近江の国へ下りたちぬ

草いろの背の鳥が二羽花の兄

かたかごの咲く家持の旅衣

かたかごや土踏めば土しなひたり

里坊を二つめぐりて蕗の薹

涅槃図の僧みな顔をあげて哭く

残雪の嶺の親しさ河童橋

アルプスの雪解のすすみ雲とべり

頂の上の空濃し雪解村

佐和山に人影もなし名残雪

ためらはず帰りゆく鳥声合はせ

開帳の近江の仏伏目がち

春の雁誰にも幼き日の山河

春の雪襞に畳める伊吹山

春の水光の増して駆け出しぬ

角倉の白椿なり八重づくり

座禅草つくづく身丈揃ひたる

金剛輪寺

筆竜胆裏山の土ひきしまる

知らぬ間に縒りほどきたる濃山吹

花便り校歌のひびきなつかしむ

花の咲き満ちて三日目名古屋城

花筏闇引つ張りてすすみくる

年魚《あゆ》市《ち》潟《がた》夕雲に乗る花筏

あり余る刻はなかりし花筵

膝を折りたたみて坐る花筵

かつて有馬朗人先生を薄墨桜へご案内

光陰のかなしき薄墨桜かな

「笹」三十六周年

笹の根は日差に伸びて風薫る

白牡丹喫緊の芯ゆるめたる

今生の白を称へむ白牡丹

八十の厄こそ払へ白牡丹

天上天下はつ夏の上高地

東近江招福楼　四句

初夏や招福楼の厚框

岬への一本の道茅花流し

笹百合のやさしきいのちいろに出づ

竹林を風吹き抜くる夏料理

有松の匠の藍の浴衣着む

瑠璃鳥のこゑあつまりて迎へらる

白靴をまた一人脱ぐ伊良湖岬

沙羅の花ころつと風のかはりけり

床柱拭き終へ精霊棚まつる

秋日傘たたみて歩く広小路

刃を入れて白桃の糖したたらす

人麻呂の海秋冷のむなしさよ

大花野道あるごとしなきごとし

秋草を抜けば足許より暮るる

小菊挿しむかしの一日思ひをり

音立てて降るみちのくの銀河かな

落柿舎

掌にけふの風ある九月尽

零余子飯むかしのままの火消壺

列正す初雁を雲離れたる

十月二十九日伊藤桂一先生九十九歳にてご永眠

紅葉を焚きをられしに逝きたまふ

初雁や潮目さだかに伊良湖岬

かりがねや寺に古びしかさねの句

息とめて綿虫掬ひすぐ立たす

甲冑を飾りたる床薬喰

お互ひにいのちを惜しみ薬喰

畦みちに降りゐる小白鳥数ふ

静かにも雪を被てをる賤ヶ岳
ひむがしに見て伊吹嶺の雪厚し

刻々とオリオンの組み上がりたる

湖と向き合ふ襟巻をはづし

崑崙山脈越えし肩掛け息の土産

鳰遠つ世よりの闇に浮く

こころ華やぎて師走の京にをり

つくづくと見て十便図雪の寺

一椀に尾の上の浜の寒蜆

青竹の太きが届き年用意

一途なる人の世かなし冬の虹

山桜

平成二十九年

鳰ゐて湖の年明くる

四百年経し名古屋城初日待つ

柏木の守る御文庫初旭

人垣のひろがりてゆく初旭

さながらに古鏡のひかり初御空

白波の日出の石門初御空

椰子の実や恋路ヶ浜の初景色

乾杯は顔の高さに年はじめ

肩触れて歩みの揃ふ初詣

大空を見上げ組始めかな

お互ひに刻いつくしみ初山河

船足のゆるめばおろす磯菜籠

父祖の世をしづかに呼べる初鼓

読初や傍線の箇所くちずさむ

小声もてそれぞれわたすお年玉

蓋置に割竹使ふ初茶湯

金箔を散らしたる菓子初茶湯

初茶杓曾祖母のもの使ひけり

初旅の富士の茜を胸にしまふ

「笹」新年会

福引に当ることなく帰りけり

歳徳神仕来りのまま在します

奥美濃の干柿届く小正月

伊予柑の甘味加ふる瀬戸の風

愛媛瑞應寺にて　二句

梅一花思はず幹を叩きけり

光悦忌伊予の御寺にゆかりあり

熟田津や手まくらをして梅月夜

ふりむけば海つづくなり菜の花忌

湖の暁闇の薄氷

湖の春相寄れる山いくつ

孫、東京大学卒業式に列して　五句

安田講堂しづかにひびく卒業歌

神童の過ぐる矢の刻卒業歌

正装の歩幅大きく卒業す

一同の礼美しく卒業す

学位記を脇に去りゆく卒業子

残雪の穂高を目指す若人よ
帰北待つ白鳥は脚またたたみ

加賀藩ゆかりの高橋真智子様（豊田英二氏母上）の思ひ出を瑞應寺院主様に伺ひし日を懐かしんで

白木蓮や加賀に伝ふる能衣装

塩焼の雪代岩魚出されたる

流れには力のありて初燕

海見たき日は耳に当つ桜貝

牧開く御嶽山頂雲の中

兄俊彦永眠

遍路姿の兄を棺に納めやる

美しき睫毛を伏せて春の雪

蔵元にこころゆき交ふ春炬燵

谷口正直氏句集『古酒』あれば——

古酒を抱き天上の花愛で給へ

おもむろに船より下りて春の土

阿波にをり遍路の群に加はりて
人波のうしろへつづき遍路杖

古人にもゆかり多くて夕遍路

人にみな似合ひの遍路笠ひとつ

恩讐の背にひとつづつ遍路鈴

石手寺にたどり着きたる遍路杖

遵守して真直ぐ雲に入る遍路

悠久の刻の要に伊予の春

船出づるとき春潮のもつれあふ

庭石に魂のすわりてすみれ草

春の闇一点に浮く竹生島

霞掃き母と姉ゐるむかしかな

享保雛今生の穢を負ひたまふ

峰々を荘厳したる春日差

住友コンツェルン発祥の地

瀬戸の海おぼろに住友広瀬邸

曳きゆける船に春潮ひとしぶき

豊田佐吉翁生誕の地　三句

すみれ草豊田佐吉の育ちし地

門前に春田ひろごる佐吉邸

恩寵やうぐひすに歩を止めたる

入社記念万年筆を貰ひたる

紅椿潮はきはきと秋津島
すつきりと流水の辺に熊谷草

思ひ返せば俳句をはじめて

而して六十五年春の雁

平家の血われにもありて遅桜

花了り一息木花之佐久夜毘売

穀霊を背負ひて咲けり山桜

菜の花や熱田津に詩をくちずさむ

花の雲写経一巻ふところに

よもぎ餅天領飛驒に語り合ふ

照り合へる穂高槍岳四月尽

誌齢四百五十号の笹花巡る

年魚市潟菜の花の黄の淡からず

年魚市潟波の巻き込む子安貝

桜鯛過ぎ去りし日のはるけしや

まじはらぬ川の流れに沿ふ茅花

芍薬の蕾の芯のほつれなし

大盃のさまぼうたんの今朝の庭

「笹」三十七周年

笹叢の繁りたたふる五月かな

自祝「笹」四百五十号

笹みどり海芋の白をふちどりに

養生十分の筍料理かな

白牡丹恍惚と刻やり過ごす
忘恩のことと思ひをり白牡丹

奥木曾の空に咲きたる朴の花

河骨の蕾ひとつに花ひとつ

花柘榴むかしの家の庭の花

極堂に子規の相づちほとゝぎす

遠き日の久女を語るほととぎす

夜風吹き白のきはまる山帽子

柿若葉書斎より見てペン休め

早苗饗の和める卓を囲みけり

わが庭の青梅をみな漬けし日も
梅雨上がり駿馬荒縄もて磨く

那智の滝白布の幅の衰へず

香の強き茅の輪を遠く来てくぐる

七月の流れ瞳にものをいふ

天蚕はみどりの糸をまとひ了ふ

天蚕のゆかりの布に手を通す

新涼や水とんがりて曲りゆく

山荘に白萩の茎揺らぐころ

聞香の席にてたたむ秋扇

鳥渡るころ端然と伊吹山

芒吹く風身ほとりに蛇笏の忌

田鶴渡るひと声雲の切れ間より

色鳥の枝々に来て冷泉邸

定家卿好みにひらく貴船菊
衣擦れの渡り廊下も雁のころ

初雁の空見上げつつ舟航す

船室に白き椅子あり雁渡る

落人の細工の緻密一位の実

裾を張る御嶽の嶺天高し

朝夕に身を省みる秋燕忌

船笛を短く秋の島を去る

ねぎらひのひとこと貰ふ秋渚

秋深む山柄たたへ島離る

東大構内

師弟句碑左に青邨銀杏散る

月今宵手漉便箋求めけり

山荘の天むらさきに朴落葉

朴落葉拾ふ一枚また一枚

口切や一杓の湯気畏みぬ

義仲寺に集ふ百人枯芭蕉

笹鳴や埴生の奥に家二軒

那須はるか翁を想ふ冬至かな

積み上げし年木減りゆく山のホテル

うぶすなの徳川園の松迎

樏の用意終りし一軒家

藁苞に包まれて着く冬牡丹

風切羽たたみて鳥の雪に耐ふ

雪止めば天へ抽んづ伊吹山

まはりにも名ある山々雪伊吹
手袋にいまだ雪の香関ケ原

雪しまく比叡坂本石だたみ

近江葱根の三寸の真白なり

湖の宿の薬味の刻み葱

琴の音や雪にくつろぐ伊吹村

琴爪の小箱小脇に雪降れり

雪降るや指美しく琴奏づ

上布織る近江に雪の二尺かな

いつしんに琴糸を縒る雪明り

藍甕に厚蓋置きぬしづり雪

旅したる上総下総雪降れり

高原にからくれなゐの壁炉かな
刃のごとき水を見てをり懐手

狐火のきつと現る湖北かな

寒に入る尾張津島のくつわ菓子

湖の丑三つ時の寒昴

冬雲の脚の迅しよ久女の忌

久女忌や踏む枯畦の誇らしき

相寄りて一礼納む寒施行

寒行僧肱を正しく別れけり

寒行僧結へ了りしわらぢ紐

奈落への道寒行の一列に

長老の顔施にまみゆ春隣

菓子の名を頬杖といふ春近し

人の世のうつくしかれと梅の花

句集　年魚市潟　畢

あとがき

高市黒人《たけちのくろひと》羈旅《きりよ》ノ歌《のうた》

桜田部鶴鳴渡年魚市方塩干二家良之鶴鳴渡

（桜田《さくらだ》へ鶴《たづ》鳴《な》き渡《わた》る年魚市潟《あゆちがた》潮干《しほひ》にけらし鶴《たづ》鳴き渡る）

私はこの歌を口ずさみ長い間憧れてきた。年魚市潟は現在の名古屋市南区のあたりで、桜田の歌が詠まれたころは入り海であった。そして、歌枕の地として尾張の国を指し、愛知郡の古称でもあった。当時、鶴は日本全土に見られたようである。

過日、名鉄で南下し、東海市に立地する新日鐵住金の工場を見学させてもらった。鉄鉱石が熱せられて千数百度に達し、灼熱化した一枚の赫々たる鉄の板となり、目の前を通り過ぐるその実景に、人間の叡智を見る思いがした。続けて溶鉱炉も見せてもらったあと、工場敷地内の北端に立った。眼前は名古屋港。その昔、たしかに年魚市潟へと続いていたであろう。おのずと景がイメージされる。

尾張愛知の過去の美称の由来の景をなつかしみ、その文字がこの世に残っていることを喜びたいと思った。この地は現在、世界に誇る名古屋市南部工業地帯の拠点として大きなタンカーが日夜、往来している。しかし、[illegible]目には万葉時代の年魚市潟の景が重なって見えてくるのである。

年魚市潟が鳴海潟へと続いていた約四百年前の貞享四年（一[illegible]は鳴海潟へ歩を進め、下里知足邸に逗留。寺島安信宅にて連句を[illegible]を立句とした。

星崎の闇を見よとや啼く千鳥　芭蕉

万葉人は舟を漕ぎ、海原を旅した。そのひたむきで純粋な風姿が[illegible]

年魚市潟夕雲に乗る花筏　敬

黒人の羇旅の歌に触発された花筏の句は、私に十七音[illegible]

与えてくれた。八十路に入り数年が過ぎる私は、近年の句を一本にまとめながら、ずっとご一緒している「笹」の皆さんと吟行を共にした各地を、かの日を想い起こして胸が熱くなった。

本句集出版の万般に亘って角川『俳句』編集部の皆様に格別にお世話を賜った。ここに特に記して心からの謝意を表したいと思う。

伊藤敬子

平成三十年　立春

著者略歴

伊藤敬子（いとう・けいこ）

昭和十年、愛知県生まれ。昭和二十六年、愛知県立旭丘高等学校在学中より句作。

愛知淑徳大学大学院博士課程後期課程修了。文学博士。

山口誓子・加藤かけいに師事。環礁賞・愛知県芸術文化選奨文化賞・山本健吉文学賞など受賞。

東海俳句懇話会主宰、「笹」主宰、公益社団法人俳人協会評議員・俳人協会愛知県支部長、

愛知芸術文化協会理事、芭蕉顕彰名古屋俳句祭会長、日本文藝家協会会員、

日本ペンクラブ会員、CBCクラブ会員。

中日文化センター、NHK文化センター、NHKラジオ第一放送の〈文芸・俳句〉の各講師。

『俳句』「平成俳壇」選者、「去来祭」「守武祭」「時雨忌」などの各俳句大会選者。

句集『光の束』『鳴海しぼり』『存問』『百景』『白根葵』『象牙の花』『山廬風韻』『淼茫』『初富士』など。

評論集『写生の鬼――俳人鈴木花蓑』『ことばの光彩―古典俳句への招待』『高悟の俳人―蛇笏俳句の精神性』『風雅永遠』、入門書『やさしい俳句入門』、その他『自註現代俳句シリーズ・伊藤敬子集』他多数。

現住所　〒465-0083　名古屋市名東区神丘町二―五一―一

句集　年魚市潟　あゆちがた

初版発行　2018（平成30）年4月25日

著　者　伊藤敬子
発行者　宍戸健司
発　行　一般財団法人　角川文化振興財団
〒102-0071　東京都千代田区富士見1-12-15
電話03-5215-7819
http://www.kadokawa-zaidan.or.jp/
発　売　株式会社　KADOKAWA
〒102-8177　東京都千代田区富士見2-13-3
電話0570-002-301（カスタマーサポート・ナビダイヤル）
受付時間　11:00 〜 17:00（土日　祝日　年末年始を除く）
https://www.kadokawa.co.jp/
印刷製本　中央精版印刷株式会社

落丁・乱丁本はご面倒でも下記KADOKAWA読者係にお送り下さい。
送料は小社負担でお取り替えいたします。古書店で購入したものについてはお取り替えできません。
電話049-259-1100（10時〜17時／土日、祝日、年末年始を除く）
〒354-0041 埼玉県入間郡三芳町藤久保550-1
 ISBN978-4-04-884188-7 C0092